_____ 님께

한 해가 저물어가고
새해 새 아침이 밝아옵니다.

한 해 동안 수고 많으셨습니다.

다사다난했던 한 해를
무탈하게 버텨낸 당신께 따뜻한 위로를,
힘들고 어려운 순간에도 늘 함께해준 당신께
깊은 감사의 마음을 전합니다.

새해에도 건강하시기를,
웃음꽃 만발한 꽃길만 걸으시길 기원합니다.

365일 행복하세요!

_____ 드림

아침편지

아침 편지

한 해를 보내며
고마운 분께 감사의 편지를 씁니다.
새해 새 아침에
소중한 분께 정성 담긴 편지를 보냅니다.

당신이 있었기에
지난 한 해도 잘 살아낼 수 있었습니다.
힘든 순간들을 슬기롭게 이겨낼 수 있었습니다.
늘 따뜻한 관심과 변함없는 성원에 감사드립니다.

새해에도
뚜벅뚜벅 성실하게 걸어가겠습니다.
감사의 마음 소중히 간직하며
하루하루 겸손하게 살아가겠습니다.

생각만으로도 든든하고 고마운 당신,
당신이어서 고맙습니다.

행운이 첫눈으로 내리는 나라

행복지수가 세계 최고인 나라, 부탄.
부탄에서는 첫눈이 내리면
정부에서는 그날을 국경일로 선포한다고 합니다.
첫눈을 하늘에서 내리는 축복이라 여기고
하루 동안 온 나라가 축제 분위기가 됩니다.

첫눈이 내린 줄도 모르고 늦잠을 자는 사람이 있으면
그 집 앞에 눈사람을 만들어 주고 행운을 빌어줍니다.
뒤늦게 일어난 사람은 눈사람을 만들어 준 이웃에게
음식을 대접하며 고마움을 전합니다.

부탄 국민에게 행복이란,
특별한 것이 아니라 소소한 일상에서 발견하고
알아차리는 것입니다.
비가 와도 눈이 내려도 축복으로 여기는 마음,
그것이 행복의 비결입니다.

모르는 게 약일 때도 있다

햇살 좋은 날, 노란 호박꽃에 파묻혀서
열심히 꿀을 빠는 벌이 있습니다.
작고 뚱뚱한 호박벌입니다.
호박벌은 길이가 20mm 정도밖에 안 되지만,
하루에 200km를 비행하는 부지런한 벌입니다.
뚱뚱한 몸집에 비해 작고 가녀린 날개를 가진 호박벌이
어떻게 하루에 200km 이상 날 수 있을까요?

곤충 전문가들은 호박벌이
자신의 몸 구조를 알지 못해서 가능한 일이라고 말합니다.
호박벌은 다른 벌들의 날갯짓을 무작정 따라 하면서
날개 안쪽에 강한 근육을 만들 수 있었고, 그 힘으로
초당 230회에 달하는 빠른 날갯짓을 할 수 있게 되었답니다.

아는 게 많아지면 생각이 많아지고,
생각이 많아지면 두려움만 커집니다.
앞뒤 재지 말고 일단 한번 날아올라 봅시다.

장수하는 사람들의 공통점

독일의 한 탄광에서 사고가 발생했습니다.
작업 도중 갱도가 무너지면서 광부들이 갇힌 사고였습니다.
통신도 두절된 상태에서 구조작업이 벌어졌고,
1주일 만에 구조에 성공할 수 있었습니다.
하지만 안타깝게도 한 명의 사망자가 발생했습니다.
사망자는 유일하게 손목시계를 차고 있던 광부였습니다.
전문가들은 시계가 사망의 원인이라고 했습니다.
구조를 기다리는 동안 들리는 시계 초침 소리가
불안감과 초조함을 최고치로 끌어올렸고,
그로 인해 사망에 이르렀을 것이라는 진단이었습니다.

조급한 마음은 일을 그르치는 경우가 많고
건강을 해치는 치명적인 요인이 되기도 합니다.
느긋한 거북이가 장수하고
성마른 맹수가 단명하는 이유도 여기에 있습니다.
사람도 마찬가지입니다.
오늘 하루는 천천히, 느긋하게!

존슨의 인재 채용 기준

미국의 제36대 대통령이었던 린든 존슨은
사람을 채용할 때 자신만의 특별한 기준을 사용했습니다.
너무 빨리 출세한 사람과
한 번도 실패한 경험이 없는 사람은 채용하지 않은 것입니다.
너무 빨리 출세하고,
너무 쉽게 성공한 사람은 독선적이기 쉽고,
실패의 경험이 없는 사람은
타인의 아픔을 이해하지 못한다고 생각한 것입니다.

추운 겨울이 없는 지역에서는
개나리를 심어도 꽃이 피지 않는다고 합니다.
지상 최고의 향수는
가장 춥고 어두운 시간에 얻을 수 있다고 합니다.

시련과 실패는 고통을 동반하지만
그 고통을 이겨내면서 우리 인생은
더 깊어지고 더 향기로워집니다.

음지가 양지되는 날 있다

여름은 혹독합니다.
지독한 가뭄과 불볕더위가 기승을 떨치기도 하고
때로는 폭우와 홍수로 모든 것이 쓸려가기도 합니다.
그럴 때마다 고지대의 식물보다
저지대의 나무와 농작물의 피해가 큽니다.
왜 그럴까요?

고지대에 서식하는 나무와 식물들은
늘 수분이 부족해서 땅속 깊이 뿌리를 내리지만
저지대의 나무와 식물은 늘 물 가까이 있어서
지표면 가까이에 뿌리를 내리고 살기 때문입니다.

지금 처해 있는 고달프고 척박한 환경이
위기 시에는 오히려 최상의 생존조건이 되기도 합니다.
척박한 환경이 강한 생존력의 원천일 수 있습니다.

부메랑 효과

『걸리버 여행기』의 작가 조너선 스위프트.
그가 집사를 대동하고 여행길에 올랐습니다.
집사는 여행 중에 불평불만을 입에 달고 다녔고
일을 시켜도 게으름을 피우고 잔꾀를 부렸습니다.

어느 날 스위프트가 집사에게
흙이 묻은 구두를 닦아오라고 시켰습니다.
그러자 집사는 엉뚱한 핑계를 댔습니다.
"주인님, 오늘 구두를 깨끗이 닦으면 뭐합니까?
내일 다시 길을 나서면 금세 더러워질 텐데요."
스위프트는 어이없는 그 말에 그저 웃고 말았습니다.

그날 점심 무렵 숙소에 도착한 스위프트는
집사에게 식사를 1인분만 주문하라고 했습니다.
영문을 모르는 집사가 스위프트에게 물었습니다.
"주인님, 너무 피곤해서 점심 생각이 없으신가요?"
그러자 스위프트가 태연하게 대답했습니다.
"아닐세. 그 1인분은 내가 먹을 거라네."

"네? 그럼 저는 …?"
"자네는 굳이 점심을 먹을 필요가 없지 않은가.
어차피 오후에 움직이다 보면 금세 배가 고파질 텐데."
그제야 집사는 스위프트의 의도를 알아채고
진심으로 사과를 했습니다.

순간을 모면하기 위한 얕은 꼼수나 변명은
반드시 부메랑이 되어 돌아옵니다.

30분 충전

독일의 자를란트 대학(Saarland University)에서
'낮잠이 기억력을 향상시킨다'는 연구 결과를 내놓았습니다.

미항공우주국(NASA)에서는
비행사들을 우주로 보내기 전에 꼭 낮잠을 재운다고 합니다.
26분 동안 낮잠을 자고 나면 업무 효율성이 34%나 증가하고,
민첩함이 54%까지 증가하는 실험 결과를 활용한 것입니다.

낮잠이나 토막잠은
예술적 영감과 과학적 상상력을 자극하기도 합니다.
뉴턴은 사과나무 아래서 잠깐 잠들었다가
만유인력의 법칙을 발견하게 되었고,
천재 화가이자 과학자였던 레오나르도 다빈치는
매일 4시간마다 15분씩 토막잠을 즐긴 것으로 유명합니다.
전설적인 록 밴드 '비틀즈'의 멤버 폴 매카트니는
꿈에서 들은 멜로디로 명곡 〈Yesterday〉를 작곡했습니다.

지중해 연안 국가와 라틴아메리카에는

정부에서 낮잠을 장려합니다.
스페인에서는 이를 '시에스타'라고 부르고,
이탈리아에서는 '리포소'라고 부릅니다.
그 시간이 되면 상점들도 관공서도 문을 닫고 낮잠을 즐깁니다.
중국에도 오래된 낮잠 문화가 있습니다.
'정오에 자는 잠'을 뜻하는 '우지아오'가 그것입니다.

30분의 낮잠은 3시간 정도의 충전 효과가 있다고 합니다.
낮잠이나 토막잠은 게으름의 상징이 아닙니다.
가성비 높은 최고의 충전 방법입니다.

10분의 차이

미국의 제20대 대통령 가필드는
10분의 투자, 10분의 노력이
한 사람의 인생을 바꾸어 놓을 수 있다고 말합니다.

대학 시절, 그가 생활했던 기숙사에
수학의 천재로 불리는 친구가 있었는데,
도저히 그 친구의 수학 실력을 따라갈 수 없었습니다.

어느 날, 공부를 마치고 잠자리에 들던 가필드는
수학 천재의 방에 아직 불이 켜져 있는 것을 발견했습니다.
그 불은 정확히 10분 후에 꺼졌습니다.
순간 가필드는 중요한 사실을 깨달았습니다.
"저 친구와 나의 수학 실력 차이는
바로 저 10분의 차이에 있었구나!"

다음 날부터 가필드는 수학 천재의 방에 불이 꺼진 후에
10분을 더 공부하고 잠자리에 들었습니다.

그리고 6개월 후,
가필드는 마침내 수학 1등을 차지했습니다.

세상에는 타고난 천재도 많지만
치열한 노력으로 만들어진 천재들도 많습니다.
남들과 다르게 살고 싶다면
남들보다 더 많은 시간과 노력을 투자해야 합니다.

가장 호감 가는 여성

어떤 상황에서도 긍정의 생각을 잃지 않고
항상 웃는 얼굴로 주위를 즐겁게 하는 여인이 있었습니다.
그러나 그녀가 10살의 어린 나이에
고아가 됐다는 사실을 아는 사람은 거의 없습니다.

결혼 후, 여섯 아이의 엄마가 된 그녀는
한 아이를 잃은 비극을 맞기도 했습니다.
그런 상황에서도 그녀는 이렇게 말했습니다.
"괜찮아요. 아직 제가 사랑할 수 있는 아이가
다섯이나 있잖아요. 정말 괜찮아요."

정치활동을 왕성하게 하던 남편이 39세에
갑자기 소아마비 증상으로 휠체어 신세를 지게 되었습니다.
절망에 빠진 남편은 방에만 처박혀 지냈습니다.
그 모습을 말없이 지켜만 보던 그녀는
비가 그치고 맑게 갠 어느 날,
남편의 휠체어를 밀며 산책을 하면서 이렇게 말했습니다.
"비 온 뒤에는 반드시 이렇게 맑은 날이 찾아오잖아요?

당신에게도 꼭 그런 날이 올 거예요."
아내의 말을 잠자코 듣고 있던 남편이 물었습니다.
"이제 평생 두 다리를 쓸 수 없게 됐는데
그래도 나를 사랑하오?"
그녀는 미소를 지으며 대답했습니다.
"내가 언제 당신의 두 다리만 사랑했나요?"

이런 아내의 사랑과 격려는 남편을 다시 일으켜 세웠고,
남편은 훗날 미국의 제32대 대통령의 자리에 올랐습니다.

루스벨트 대통령과 영부인 엘리너 루스벨트의 이야기입니다.
루스벨트는 미국 역사상 전무후무한 4선 대통령이자,
경제 대공황으로 절망에 빠진 미국을 구해낸 인물입니다.
그리고 그의 아내 엘리너 루스벨트는 아직도 미국인들에게
'가장 호감 가는 여성', '역대 최고의 퍼스트레이디'로
칭송받고 있습니다.

3일 동안만 볼 수 있다면

"만약 내가 사흘 동안 앞을 볼 수 있다면
첫날에는,
설리번 선생님을 찾아가 그분의 얼굴을 바라보겠습니다.
그리고 아름다운 꽃과 풀과 빛나는 석양을 보고 싶습니다.

둘째 날엔,
새벽에 일어나 먼동이 터오는 모습을 보고 싶습니다.
저녁에는 영롱하게 빛나는 하늘의 별을 보겠습니다.

셋째 날엔,
아침 일찍 큰길로 나가
출근하는 사람들의 활기찬 표정을 보고 싶습니다.
점심때는 아름다운 영화를 보고,
저녁엔 화려한 네온사인과 쇼윈도에 걸린 상품을 구경하고
집에 돌아와 하나님께 감사의 기도를 드리겠습니다."

헬렌 캘러가 쓴,
『3일 동안만 볼 수 있다면』에 실린 글입니다.

건강한 사람에겐 지극히 평범한 일상이
누군가에겐 이렇게 간절한 소망일 수 있습니다.
오늘 우리에게 주어진 하루라는 시간은 그렇게
귀하고 소중한 것입니다.
감사하고 또 감사할 일입니다.

행운과 불행은 한몸이다

뉴욕 브루클린의 한 정육점에
한 달 동안 네 번이나 강도가 들었습니다.
정육점을 운영하던 남자는 생명의 위협을 느끼고
직접 방탄조끼를 만들어 입고 장사를 계속했습니다.
주변 상인들이 그 모습을 보고
자신들에게도 방탄조끼를 만들어달라고 부탁을 했습니다.
주문이 늘어나자 남자는 아예 정육점을 정리하고
〈방탄조끼주식회사〉를 설립했습니다.

몇 년 후, 이 회사는
전 세계에 40개의 지사를 둘 정도로 성장했고,
남자는 이 회사의 회장으로 취임하게 됩니다.
취임사에서 남자는 이렇게 말합니다.

"강도를 네 번이나 만난 것이 인생 최고의 행운이었습니다.
강도를 만나지 않았다면 저는 지금도
칼을 들고 고기를 자르고 있었을 겁니다."

불행을 인생 최대의 행운으로 만든 남자,
그의 이름은 윌리엄 리바인입니다.

행운과 불행은 동전의 양면처럼
항상 붙어 다닌다고 합니다.
어느 쪽을 볼 것인지는 우리의 선택에 달려 있습니다.

보이는 대로 생각하게 된다

미켈란젤로가 한 파티에 참석했습니다.
파티장은 각계각층의 사람들로 붐볐습니다.
분위기가 무르익자 사람들은 삼삼오오 짝을 지어
술을 마시며 담소를 나눴습니다.
그다지 유익한 대화는 아니었습니다.
대부분 그 자리에 참석하지 않은 누군가에 대한
비방과 험담을 늘어놓기에 바빴습니다.
미켈란젤로는 한마디도 섞지 않았습니다.

옆에 있던 친구가 미켈란젤로에게 말을 걸었습니다.
"자넨 혼자 무슨 생각을 그렇게 하는 거야? 말 좀 해."
"아, 미안. 잠시 그림 구상에 빠져 있었네."
"그래? 어떤 그림일지 궁금한데? 어디 한번 그려보시게."
친구의 성화에 못 이겨 화폭을 펼친 미켈란젤로는
전체적으로 흰 물감을 칠한 후 가운데에
까만 점 하나를 그려 넣고 친구에게 물었습니다.
"뭐가 보이는가?"
"그야 까만 점 하나지?"

"그렇게 보이나? 실은 난 하얀 부분을 보여주기 위해서
까만 점 하나를 그린 것이라네.
하긴, 까만 것을 보려는 사람에겐 까만 것만 보이는 법이지."
미켈란젤로의 말에 친구는 입을 다물었습니다.

맹인모상(盲人摸象)이란 말이 있습니다.
'장님 코끼리 만지기'라는 말로,
전체를 보지 못하고
자기가 알고 있는 부분만 고집한다는 뜻입니다.
바르게 보아야 바른 생각이 생기고
지혜에 다가갈 수 있습니다.

어리석은 사람은
썬그라스를 낀 채 터널 안이 어둡다고 투덜거립니다.

부드러움의 품격

한 스승이
제자들을 불러서 저녁을 대접했습니다.
식탁 위에 푸짐한 고기요리가 올라왔습니다.
소와 양의 혀를 조리한 음식이었는데,
부드러운 것과 질기고 딱딱한 것이 섞여 있었습니다.
제자들은 하나같이
부드러운 고기만 골라 먹었습니다.

그 모습을 지켜보던 스승이 말했습니다.
"누구나 자네들처럼 부드러운 혀를 좋아하지.
딱딱한 혀는 항상 불화를 일으키고
타인의 가슴에 상처를 남기게 된다네.
자네들도 평생 부드러운 혀를 가지도록 노력하시게."

혀는 신체 중에서 가장 부드러운 부위지만
홧김에 휘두르는 주먹이나 발길질보다
훨씬 위험하고 치명적일 때가 많습니다.
가시 돋치고 날 선 말들을 뱉어낼 때입니다.

주먹으로 생긴 상처는 시간이 지나면 아물지만,
말에 베이고 다친 생채기는 쉽게 아물지 않습니다.

혀를 부드럽게 유지하는 일,
그것은 인생의 품격을 유지하는 일입니다.

집중하지 못하고 있다는 증거

자신의 노력에 비해 늘 성과가 미미하다고,
불평불만을 입에 달고 사는 청년이 있었습니다.

어느 날, 그 청년이 왕을 찾아가
성공 비결을 가르쳐달라고 청했습니다.
왕은 포도주를 가득 담은 술잔을 건네며 말했습니다.
"이 잔을 들고 시내를 한 바퀴 돌고 오면 비결을 알려주마.
대신 한 방울이라도 쏟는다면 즉시 네 목을 벨 것이다."
청년은 자신의 목숨이 달린 포도주잔을 들고
조심조심 시내를 한 바퀴 돌아 무사히 궁에 도착했습니다.
얼마나 긴장을 했던지 온몸이 흠뻑 땀에 젖었습니다.
왕은 숨돌릴 틈도 주지 않고 청년에게 물었습니다.
"그래, 시내를 돌면서 무엇을 보았느냐?"
청년은 잠시 머뭇거리다가 대답했습니다.
"포도주잔 말고는 아무것도 생각나지 않습니다."

그러자 왕은 만족스러운 웃음을 지으며 말했습니다.
"그래, 바로 그것이 성공의 비결이다.

한 가지 일에 그렇게 집중한다면 못 이룰 것이 없다.”

그날 이후 청년의 입에서는
거짓말처럼 불평불만이 사라졌습니다.

어떤 일에 불평불만이 뒤따른다면
그만큼 그 일에 집중하지 못하고 있다는 증거입니다.

지금은 뿌리를 내리는 중

복숭아나무는 3년,
감나무는 8년을 기다려야 열매를 맺는다고 합니다.
또 유자나무는 심은 지 9년이 지나야 꽃이 피고,
매화나무는 15년이 지나야 비로소 열매가 맺힌다고 합니다.

모소대나무는 최초 4년 동안 고작 3cm밖에 자라지 않다가
5년이 되는 해에 6주 동안 매일 30cm씩 폭풍 성장을 합니다.
4년 동안, 폭풍 성장의 그 날을 위해
열심히 뿌리를 내리고 있었던 것입니다.

오늘 하루 힘들었다면
지금 우리는 깊게 뿌리를 내리는 중입니다.

네덜란드 속담에 이런 말이 있습니다.
"빨리 자란 것은 금방 시들고
조금씩 성장하는 것은 오래간다."

최고급 포도주의 원료

최고급 포도주를 생산하는
프랑스 사람들은 포도나무를 심을 때
좋은 땅보다 척박한 땅에 심는다고 합니다.

좋은 땅에서 자라는 포도나무는
성장 속도도 빠르고 열매도 풍성하게 맺히지만
척박한 땅에서 자란 포도나무 열매보다
맛과 향이 떨어진다고 합니다.
좋은 땅에 심은 포도나무는
얕은 뿌리 때문에 지표수를 흡수하는 경우가 많지만,
척박한 땅에 심은 포도나무는
생존을 위해 땅속 깊이 뿌리를 내리고
깨끗한 지하수를 먹고 자라기 때문입니다.

우리 삶도 별반 다를 게 없습니다.
크고 작은 시련과 역경을 이겨내면서
겉은 단단해지고, 속은 더 풍성해집니다.

가장 어려운 일, 가장 쉬운 일

철학의 창시자라 불리는 탈레스.
어느 날 제자가 그에게 물었습니다.
"선생님, 이 세상에서 가장 어려운 일이 무엇입니까?"
탈레스는 한 치의 주저함도 없이 대답했습니다.
"자기 자신을 아는 일이다."

제자가 다시 물었습니다.
"그러면 가장 쉬운 일은 무엇입니까?"
이번에도 탈레스는 명쾌하게 대답했습니다.
"그것은 타인에게 충고하는 일이다."

탈레스의 말을 빌지 않더라도
남에게 충고하는 일은 쉽습니다.
쉬운 일은 누구나 할 수 있는, 하나 마나 한 일입니다.
남의 잘못을 찾아내고 열 번 충고할 열정이 있다면,
열심히 그 사람의 장점을 찾아서 칭찬을 해주고
진심 어린 응원을 해줄 수 있어야 합니다.

"나이를 먹을수록 입은 닫고 지갑을 열어라."

흔히 듣는 말이지만
실천하기가 쉽지 않은 말이기도 합니다.
두 가지가 어렵다면 한 가지라도 제대로 해 봅시다.
지갑을 자주 열지는 못하더라도
작심하면 입은 닫을 수 있습니다.

마음속 좌우명 하나

"천 명의 친구, 그것은 너무 적다.
한 명의 적, 그것은 너무 많다."
터키 속담입니다.

"거지처럼 굴되, 왕처럼 생각하라."
IBM 창업자 토머스 왓슨의 좌우명입니다.
상대방에게 자신을 낮추되
비굴하게 굴지는 말자는 의미입니다.

"원하는 것을 손에 넣을 수 없다면
손 닿는 곳에 있는 것을 사랑하라."
프랑스 속담입니다.

"감사하는 마음의 밭에는 절망의 씨가 자랄 수 없다."
〈아마데우스〉로 유명한 영국 극작가 피터 쉐퍼의 말입니다.

"낯선 이에게 친절하게 대하라.
그는 변장한 천사일지 모른다."

파리의 센 강변에 자리한 고서점
〈셰익스피어 앤 컴퍼니〉에 걸린 문구입니다.

내 앞에 펼쳐지는 현실은
대부분 내 생각의 결과물입니다.
마음속에 사과나무 한 그루를 품고 산다면
언젠가 빨간 사과를 맛볼 수 있습니다.

감사하세요!

스트레스 분야 연구로 노벨생리의학상을 수상한
한스 셀리에 박사의 고별강의가 있었습니다.
세계적인 석학들과 수천 명의 하버드 학생들이
그 강의를 듣기 위해 몰려왔습니다.

그날도 그는 스트레스를 주제로 열강을 했고,
청중들의 우뢰와 같은 박수를 받았습니다.

강연을 마치고 퇴장하는 한스 셀리에 박사에게
한 청년이 손을 들고 질문을 했습니다.
"온 세상이 스트레스 덩어리입니다,
그 스트레스를 해소할 방법 한 가지만 알려주십시오!"

한스 셀리에는 걸음을 멈추고 청년을 바라보았고,
청중들의 시선은 모두 박사에게 향했습니다.
한스 셀리에 박사의 답변은 단 한마디였습니다.

"감사하십시오 Appreciation."

"세상에서 가장 지혜로운 사람은
항상 배우는 사람이고,
세상에서 가장 행복한 사람은
늘 감사하며 사는 사람이다."
탈무드에 나오는 말입니다.

진심을 담은 편지 한 통

부동산 개발업자 피터 커밍스가
디트로이트 심포니 오케스트라의 단장직을 맡았을 때,
가장 먼저 한 일이
악단에 500달러 이상을 기부하는 사람들에게
친필로 감사편지를 써 보내는 일이었습니다.
그 편지 중에는
디트로이트의 유력 가문이자 허드슨 백화점의 상속녀인
메어리에게 보내는 것도 있었습니다.

그녀는 오래전에 디트로이트를 떠나
캘리포니아의 부유층 전용 요양소에서 생활하고 있었습니다.
답례 편지가 오리라고 전혀 상상하지 못했던 메어리는
피터의 친필 편지를 읽고 감동했습니다.
그녀는 5만 달러를 더 기부하겠다는 편지를 보냈고,
피터는 다시 한번 편지로 감사의 마음을 전하면서
가능하다면 직접 찾아뵙고 싶다는 뜻을 밝혔습니다.

메어리는 피터의 제안을 수락하면서
50만 달러를 더 기부하고 싶다고 했습니다.
그것도 한 번이 아니라 1년에 한 차례씩
5년에 걸쳐서 총 250만 달러의 통 큰 기부를 약속했습니다.
그녀의 결정은 오직 피터가 보낸 편지 한 통 때문이었습니다.

타인의 방해 없이
내 마음을 오롯이 전달할 수 있는 편지,
사람의 마음을 움직이는 데는
편지 한 통이면 충분합니다.

세상에서 가장 행복한 사람은?

영국의 대표적인 신문 《타임스》가
'이 세상에서 가장 행복한 사람은 누구인가?'라는 질문으로
여론조사를 한 적이 있었습니다.
질문에 응답한 영국 국민의 생각은 어땠을까요?

4위는 생명이 위독한 환자를 수술로 방금 살려낸 의사였고,
3위는 섬세한 공예품을 완성하고 휘파람을 부는 목공,
2위는 아기를 목욕시키고 분을 발라주며 웃는 어머니였으며,
1위는 모래성을 막 완성한 어린아이였습니다.
정치인이나 재벌, 유명인은 전혀 포함되지 않았습니다.

철학자 칸트는
행복의 조건에 대하여 이런 말을 남겼습니다.
"첫째 할 일이 있고,
둘째 사랑하는 사람이 있고,
셋째 희망이 있는 것."

영국의 극작가 제임스 오펜하임은 이렇게 말했습니다.

"어리석은 사람은 멀리서 행복을 찾고,
현명한 사람은 자신의 발치에서 행복을 키워간다."

인간이 행복하지 않은 것은
지금 자신이 가진 것에 감사하기보다는
가지지 못한 것을 탐내기 때문이라고 합니다.

행복의 조건

7살짜리 아들을 둔 부자가 있었습니다.
그는 아들에게 아빠가 얼마나 부자인지 자랑하고 싶어서
가난한 친구가 사는 시골로 여행을 갔습니다.

친구의 집에는 TV도 없고 컴퓨터도 없었습니다.
그들은 나무로 만든 작고 허름한 집에서 함께 지내며,
밤이 되면 별을 보며 이야기를 나누다가 잠들었습니다.
그렇게 일주일을 보내고 집으로 돌아왔습니다.

부자가 아들에게 물었습니다.
"아들아, 가난한 사람이 어떻게 사는지 잘 보았지?
넌 거기에서 뭘 느꼈어?"
아들은 주절주절 이야기를 쏟아냈습니다.
"우리 집은 개가 한 마리인데 그 집은 4마리나 있었어요.
우리 집은 뒷마당에 수영장이 1개뿐인데,
그 집 뒤에는 끝없이 긴 개울이 있었어요.
우리 집에는 전등만 있는데, 그 집에는 멋진 별이 있었어요.
우리는 밤에 자기 방에서 TV만 보는데,

그 집에서는 온 가족이 둘러앉아 재미있게 이야기했어요."

부자 아빠가 모르는 것을
7살짜리 아들은 알아채고 있었던 것입니다.

돈이 없어서 불행할 수는 있지만
돈이 많다고 그만큼 행복한 것은 아닙니다.
우리가 행복을 소중한 가치로 여기는 것도
어쩌면 돈을 주고도 살 수 없기 때문일 겁니다.

돈이 되는 말 한마디

빅 사이즈 매장을 운영하며
말 한마디로 억만장자가 된 낸시 오스틴.

130kg이 넘는 거구였던 그녀는
옷가게에 갈 때마다 곤욕을 치러야 했습니다.
매장 직원이 가장 큰 사이즈를 내놓아도
막상 입어보면 그녀에겐 턱없이 작았던 것입니다.

그러던 어느 날,
오스틴은 자신처럼 큰 체형 때문에 고민하는 여성들이
생각했던 것보다 많다는 사실을 깨닫고,
그들만을 위한 옷을 만들어야겠다고 마음먹었습니다.

그녀는 발품을 팔아서 꼼꼼하게 시장조사를 하고
사업계획을 구체화한 다음,
자본금 5천 달러로 빅 사이즈 여성 전문매장을 오픈합니다.
1970년 당시에는 획기적인 사건이었습니다.

제품의 디자인과 실용성 못지않게
오스틴은 매장 홍보 문구 하나에도 정성을 기울였습니다.

"우리 매장은 퀸 사이즈 손님만을 모십니다.
모든 손님을 여왕처럼 모시겠습니다.
우리 매장의 주인공은 여러분입니다."

오스틴은 고객을 여왕처럼 대했고,
'빅 사이즈'란 말 대신 '퀸 사이즈'란 말을 처음 사용했습니다.
이런 세심한 배려와 진정성은 고객의 마음을 움직였고,
그녀를 억만장자로 만들어 주었습니다.

말 한마디를 하는 데는 돈 한 푼도 들지 않지만,
상대에 대한 세심한 배려와 진정성이 담긴 말은
돈이 되어 돌아옵니다.

친구가 되고 싶다면

개와 고양이는
감정을 표현하는 방법이 전혀 다른 동물입니다.
개는 반갑고 친근한 마음을 표현하기 위해
꼬리를 치켜세우고 흔들어대지만,
고양이는 낯선 상대의 등장으로 위협감을 느끼거나
강한 경계심을 가질 때 본능적으로 꼬리를 치켜세웁니다.

개와 고양이처럼
서로 다른 언어와 표현법을 가진 이들이
친구가 되기는 쉽지 않습니다.
친구가 되려면 먼저 상대의 마음을 읽을 수 있어야 합니다.
내 마음만 앞세우다가는
개와 고양이의 관계가 되기 쉽습니다.

누군가와 친구가 되고 싶다면
그 사람의 언어로 이야기할 수 있어야 합니다.

천재들의 흑역사

에디슨은 어린 시절에
'어리석고 우둔한 아이'로 불렸고,
열세 살 때 퇴학을 당했습니다.

로댕은 학교에서 항상 꼴찌를 독차지했고,
예술학교 입학을 세 번이나 거부당했습니다.

아인슈타인은 네 살 때까지 말문이 트이지 않았고,
학교에서는 수학시험에서 낙제점을 받았습니다.

대학에서 계속 낙제점을 받았던 톨스토이는
교수들로부터 '배움을 포기한 학생'으로 낙인찍혔습니다.

누구에게나 감추고 싶은 흑역사가 있습니다.
하지만 자신이 좋아하는 일을 끝까지 포기하지 않는다면
흑역사는 성공으로 가는 자양분이 됩니다.

루빈스타인의 특급 칭찬

피아니스트를 꿈꾸는 한 소년이 있었습니다.
소년은 레슨 선생님의 한마디에 절망에 빠졌습니다.

"너는 손가락이 짧고 굵어서 피아니스트가 되기 힘들겠다."

그러던 어느 날,
뜻밖의 칭찬을 듣고 소년은 다시 연습에 매진하게 됩니다.

"넌 천부적인 재능을 타고났구나.
조금만 다듬으면 훌륭한 피아니스트가 될 거야."

우연히 그의 연주를 듣게 된
피아노의 거장 루빈스타인이 해준 특급 칭찬이었습니다.

세계적인 피아니스트로 성장한 그 소년은
〈소녀의 기도〉를 작곡한 파데렙스키입니다.
그는 조국 폴란드의 독립운동에도 가담하면서
훗날 폴란드 대통령의 자리까지 오르게 됩니다.

긍정의 말, 칭찬 한마디가
인생을 바꾸고 세상을 변화시킬 수 있습니다.
부정의 말, 독설 한마디는
한 인간을 무너뜨리고 세상을 파괴할 수도 있습니다.

포기하지 않는다면

애리조나 사막에 사는 호피족 인디언이
기우제를 지내면 항상 비가 내립니다.
이유는 단 하나,
비가 내릴 때까지 기우제를 지내기 때문입니다.
척박한 사막에서 농사를 지으며 살아온 호피족은
비가 오지 않아도 절대 절망하지 않았습니다.
단지 자신들의 정성이 부족하다고 생각하고
더 정성껏 기우제를 지냈습니다.

멕시코의 타라후마라 부족은
달리기를 잘하기로 유명합니다.
그들은 스스로를 '라라무리(달리는 사람)'라고 부릅니다.
그들은 사냥감을 한번 정하면
잡을 때까지 쉬지 않고 달립니다.
눈앞에서 사냥감을 놓치더라도 포기하지 않고
발자국이나 분비물을 확인해 가며 끝까지 추격하는 것입니다.
그들의 끈질긴 추격에 도망치던 동물들이
제풀에 지쳐 잡히는 경우도 많다고 합니다.

실패는 중도에 포기했던 일들을 가리키는 말입니다.
끝까지 포기하지 않는다면 실패라고 부를 수 없습니다.
아직 진행 중인 일이기 때문입니다.

아이마라족의 지혜

안데스산맥에 사는 인디언 아이마라족은
과거의 시점을 이야기할 때 시야의 앞쪽을 가리키고,
미래의 어느 시점을 이야기할 때는
등 뒤를 가리킨다고 합니다.

과거는 이미 경험한 일이기에
자신들이 볼 수 있는 눈앞에 있다고 생각하고,
미래는 아직 알 수 없고 볼 수도 없는 것이라서
등 뒤에 있다고 믿는 것입니다.

그들에게 미래는 보이지 않는 것이기에,
그들은 보이지 않는 것을 이야기하는 것 자체를
무의미하게 생각했습니다.

아이마라족에게 인생이란,
눈앞에 보이는 과거를 통해서 오늘을 열심히 살아내고,
언젠가 오늘로 다가올 내일을 묵묵히 기다리는 것입니다.

행복은 당겨 써도 되지만
걱정을 미리 대출해 쓸 필요는 없습니다.
걱정은 대체로 내일과 미래에 대한 것이니까요.

되로 주고 말로 받다

영국 유학 시절,
마하트마 간디는 피터스 교수의 미움을 받았습니다.
피터스 교수는,
한 번도 저자세를 보이지 않는 간디를 싫어했습니다.
자신을 무시한다고 생각하고
호시탐탐 간디에게 골탕 먹일 생각에 빠져 있었습니다.

어느 날,
피터스 교수가 학교 식당에서 학생들과 식사를 하고 있는데
간디가 식판을 들고 와서 교수 옆에 앉았습니다.
이때다 싶은 교수는 큰소리로 말했습니다.
"간디 군, 돼지와 새는 함께 식사하지 않는다네. 몰랐나?"
그러자 간디가 더 큰 목소리로 대답했습니다.
"그래요? 그럼 제가 다른 자리로 날아가야겠네요."

하루는 수업시간에 간디에게 불쑥 질문을 던졌습니다.
"간디 군, 자네 앞에 두 개의 자루가 있네.
하나는 지혜가 담겨 있고 다른 하나에는 돈이 가득 들어있는데,

자네는 둘 중에 어느 자루를 가지고 싶은가?"
"저라면 돈이 든 자루를 가지겠습니다."
간디의 대답에 교수는 비웃으며 말했습니다.
"안됐군. 나라면 지혜가 담긴 자루를 선택했을 걸세."
그러자 간디는 이렇게 대답했습니다.
"하긴, 자신에게 부족한 것을 먼저 채우는 게 인지상정이죠."

미움이든 욕심이든, 감정이 지나치면
합리적인 사고와 판단이 흐려집니다.
그렇게 감정에 휩싸여 내뱉은 말과 행동은
반드시 부메랑이 되어 날아옵니다.

인생을 즐기는 어부

한적한 어촌 해변에서
한 어부가 낚싯대를 드리운 채 꾸벅꾸벅 졸고 있었습니다.

지나가던 관광객이 어부를 흔들어 깨우며,
이렇게 좋은 날에 고기도 잡지 않고
왜 졸고만 있느냐고 물었습니다.
어부는 오늘 필요한 고기는 다 잡았다고 대답했습니다.

그 말에 관광객은 졸고 있는 시간에 고기를 더 잡아서
돈을 모아 큰 배를 사면 더 많은 고기를 잡아서
큰 부자가 될 수 있는 것 아니냐고 물었습니다.

그러자 어부가 되물었습니다.
"큰 부자가 돼서 무엇하게요?"
관광객은 기다렸다는 듯 대답했습니다.
"돈을 많이 벌면 해변에 앉아서 일몰이나 구경하면서
인생을 즐기며 사는 거죠."
어부는 껄껄 웃으며 말했습니다.

"지금 내가 그렇게 살고 있답니다."

항상 욕심이 문제입니다.
욕심은 우리 눈을 멀게 하고 마음을 혹사해서
몸까지 병들게 만듭니다.

지금 행복하다면 이미 성공한 인생입니다.

사소한 것을 아껴라

검소한 생활로 대부호가 된 존 모레.
그가 집에서 촛불을 켜고 독서삼매경에 빠져 있을 때
예고 없이 손님이 찾아왔습니다.
존 모레는 손님을 거실로 안내하고 나서
두 개의 촛불 중 하나를 끄고 손님과 마주 앉았습니다.

"무슨 일로 찾아오셨습니까?"
"실은 선생님께 기부금을 부탁드리려고 찾아왔습니다."
손님은 폐교 위기에 처한 학교를 살리기 위해
지역 유지들을 찾아다니며 기부금을 부탁하고 있었습니다.

"그런 일이라면 기꺼이 기부금을 드려야죠.
10만 달러 정도면 되겠습니까?"
"예? 10만 달러라고요?"
손님의 당황하는 모습을 보고 존 모레가 다시 물었습니다.
"왜요? 기부금이 너무 적습니까?"
"아니오. 너무 큰 금액이어서 놀랐습니다.
사실은 선생님이 조금 전에 촛불 하나를 끄는 걸 보고

정말 지독한 구두쇠라고 오해를 했습니다.
그런데 이렇게 큰 금액을 선뜻 내놓으셔서 놀랐습니다."

손님의 말에 모레는 웃으며 대답했습니다.
"책을 읽는 데는 촛불 두 개가 필요하지만
대화를 나누는 데는 촛불 하나면 충분합니다."

돈의 가치를 아는 사람은 작은 것도 아끼지만
써야 할 데에는 아낌없이 쓰는 사람입니다.

내게 가장 소중한 일

미국 최초의 백화점
'워너메이커'의 설립자 존 워너메이커가
링컨 대통령으로부터 우정부 장관직을 제의받았습니다.

워너메이커는 1초의 망설임도 없이 거절했습니다.
"제겐 교회학교 교사라는 소중한 일이 있습니다.
그 일을 포기하고 장관직을 수락할 수는 없습니다."
링컨 대통령은 장관직을 맡더라도
교회학교 교사직을 계속하게 해주겠다고 약속했습니다.
그렇게 해서 워너메이커는 주중에는 장관직을 수행하고,
주말에는 비행기를 타고 고향으로 내려가서
아이들을 가르칠 수 있었습니다.

어느 날, 기자가 워너메이커에게 물었습니다.
"장관직이 교회학교 교사직만도 못한 겁니까?"
워너메이커는 이렇게 대답했습니다.
"장관직은 한두 해 하다가 말 부업이지만
교회 교사직은 제가 평생 해야 할 본업이니까요."

남들이 다 부러워하지만
명예와 부귀영화는 한순간일 때가 많습니다.
인생에는 분명 그보다 더 소중한 것들이 있습니다.
그것을 알아차리는 일이 행복으로 가는 지름길입니다.

샘물이 사라진 오아시스

사막 한가운데에 야자수가 우거지고
맑은 샘물이 솟아나는 오아시스가 있었습니다.
그곳에 오두막집을 짓고
한 노인이 살고 있었습니다.
사막을 지나가는 여행자들에게 시원한 샘물을 떠주고
그들과 이런저런 이야기를 나누는 것이
노인의 일과이자 즐거움이었습니다.

그런데 언제부터인가 여행자들이 고마움의 표시로
노인의 손에 동전을 건네주었습니다.
여행자들을 돕고 싶은 순수한 마음으로 했던 일인데
동전이 쌓여가자 욕심이 싹트기 시작했습니다.
노인은 작심하고 샘물 주변을 정비한 후
아예 돈을 받고 샘물을 팔았습니다.

그러던 어느 날,
샘물이 서서히 줄어드는 것을 발견한 노인은
고민 끝에 야자수를 모두 베어 버렸습니다.

야자수가 샘물을 바닥내고 있다고 생각한 것입니다.

야자수가 숲이 사라지자 그늘이 사라졌고,
그늘이 사라지자 마침내 샘물도 말라버렸습니다.
그늘도 사라지고 샘물도 말라버리자
자연스럽게 여행자들의 발길도 끊기고 말았습니다.
그곳은 이제 더는 오아시스가 아니었습니다.

더 많은 황금알을 얻기 위해
거위의 배를 가른 욕심쟁이의 최후는 비참했습니다.
초심을 잃으면 과욕이 생기고
과욕은 순식간에 삶 전체를 파괴하고 맙니다.

가을에 피는 꽃도 있다

꽃피는 계절이라고 하면
대체로 봄을 떠올립니다.
하지만 여름에도 꽃은 피고
가을과 겨울에 피는 꽃도 있습니다.

긴 겨울 한파를 이겨낸 뒤라서
사람들은 대체로 봄꽃에 환호하지만
여름꽃도 가을꽃도 아름답기는 매 한 가지입니다.

인생의 정원에 봄꽃이 피지 않는다고
조바심내고 실망할 필요 없습니다.
내 인생은 가을에 피는 꽃일 수도 있으니까요.

세상 모든 것에는 저마다의 때가 있습니다.
조바심내지 않고 묵묵히 걸어가다 보면
언젠가 꽃피는 그때를 만나게 됩니다.

인디언의 목걸이

아메리카 인디언들은 목걸이를 만들 때
흠집이 있는 구슬을 중간중간 끼워 넣는다고 합니다.
모양이 일정하고 흠집 없는 장신구를 불편하게 생각하고,
아무 때나 편하게 착용할 수 있는 것을 최고로 여긴 것입니다.

완벽한 것은 보기에는 아름답지만
범접할 수 없는 거리감을 느끼게 합니다.
인간관계도 마찬가지입니다.
지나친 완벽함을 추구하는 사람에게는
인간적인 매력을 찾아보기 어렵습니다.
가끔은 실수도 하고 빈틈도 보이는 사람이라야
누구나 편안하게 다가갈 수 있습니다.

기억하세요!
1급수에선 물고기가 살 수 없습니다.

아침 편지

글쓴이 | 곽동언
펴낸이 | 우지형

인 쇄 | 하정문화사
제 본 | 영글문화사
후가공 | 금성산업
디자인 | Gem

펴낸곳 | 나무한그루
주 소 | 서울시 마포구 독막로 10, 성지빌딩 713호
전 화 | (02)333-9028 **팩스** | (02)333-9038
E-mail | namuhanguru@empal.com
출판등록 | 제313-2004-000156호

ISBN 978-89-91824-65-2 02810

값 4,000원